王羅蜜多截句

王羅蜜多 著

截句詩系09

臺灣詩學 25 週年 一路吹鼓吹

【總序】
與時俱進·和弦共振
——臺灣詩學季刊社成立25周年

蕭蕭

華文新詩創業一百年（1917-2017），臺灣詩學季刊社參與其中最新最近的二十五年（1992-2017），這二十五年正是書寫工具由硬筆書寫全面轉為鍵盤敲打，傳播工具由紙本轉為電子媒體的時代，3C產品日新月異，推陳出新，心、口、手之間的距離可能省略或跳過其中一小節，傳布的速度快捷，細緻的程度則減弱許多。有趣的是，本社有兩位同仁分別從創作與研究追蹤這個時期的寫作遺跡，其一白靈（莊祖煌，1951-）出版了兩冊詩集《五行詩及其手稿》（秀威資訊，2010）、《詩二十首及其檔案》（秀威資訊，

2013），以自己的詩作增刪見證了這種從手稿到檔案的書寫變遷。其二解昆樺（1977-）則從《葉維廉〔三十年詩〕手稿中詩語濾淨美學》（2014）、《追和與延異：楊牧〈形影神〉手稿與陶淵明〈形影神〉間互文詩學研究》（2015）到《臺灣現代詩手稿學研究方法論建構》（2016）的三個研究計畫，試圖為這一代詩人留存的（可能也是最後的）手稿，建立詩學體系。換言之，臺灣詩學季刊社從創立到2017的這二十五年，適逢華文新詩結束象徵主義、現代主義、超現實主義的流派爭辯之後，在後現代與後殖民的夾縫中掙扎、在手寫與電腦輸出的激盪間擺盪，詩社發展的歷史軌跡與時代脈動息息關扣。

臺灣詩學季刊社最早發行的詩雜誌稱為《臺灣詩學季刊》，從1992年12月到2002年12月的整十年期間，發行四十期（主編分別為：白靈、蕭蕭，各五年），前兩期以「大陸的臺灣詩學」為專題，探討中國學者對臺灣詩作的隔閡與誤讀，尋求不同地區對華文新詩的可能溝通渠道，從此每期都擬設不同的專題，收集專文，呈現各方相異的意見，藉以存異求同，即使2003年以後改版為《臺灣詩學學刊》（主編分別為：鄭慧如、唐捐、方群，各五年）亦然。即使是2003年蘇紹連所闢設的「臺灣詩學．吹鼓吹詩論壇」網站（http://www.taiwanpoetry.com/phpbb3/），在2005年9月同時擇優發行紙本雜誌《臺灣詩學．吹鼓吹詩論壇》（主要負責人是蘇紹連、葉子鳥、陳政彥、Rose Sky），仍然以計畫編輯、規畫專題為編輯方針，如語言混搭、詩與歌、小詩、無意象派、截句、論詩詩、論述詩等，其目的不在引領詩壇風騷，而是在嘗試拓寬新詩寫作的可能航向，識與不識、贊同與不贊同，都可以藉由此一平臺發抒見聞。臺灣詩學季刊社二十五年來的三份雜誌，先是《臺灣詩學季刊》、後為《臺灣詩學學刊》、旁出《臺灣詩學．吹鼓吹詩論壇》，雖性質微異，但開啟話頭的功能，一直是臺灣詩壇受矚目的對象，論如此，詩如此，活動亦如此。

臺灣詩壇出版的詩刊，通常採綜合式編輯，以詩作發表為其大宗，評論與訊息為輔，臺灣詩學季刊社則發行評論與創作分行的兩種雜誌，一是單純論文規格的學術型雜誌《臺灣詩學學刊》（前身為《臺灣詩學季刊》），一年二期，是目前非學術機構（大學之外）出版而能通過THCI期刊審核的詩學雜誌，全誌只刊登匿名審核通過之論，感謝臺灣社會養得起這本純論文詩學雜誌；另一是網路發表與紙本出版二路並行的《臺灣詩學·吹鼓吹詩論壇》，就外觀上看，此誌與一般詩刊無異，但紙本與網路結合的路線，詩作與現實結合的號召力，突發奇想卻又能引起話題議論的專題構想，卻已走出臺灣詩刊特立獨行之道。

臺灣詩學季刊社這種二路並行的做法，其實也表現在日常舉辦的詩活動上，近十年來，對於創立已六十周年、五十周年的「創世紀詩社」、「笠詩社」適時舉辦慶祝活動，肯定詩社長年的努力與貢獻；對於八十歲、九十歲高壽的詩人，邀集大學高校召開學術研討會，出版研究專書，肯定他們在詩藝上的成就。林于弘、楊宗翰、解昆樺、李翠瑛等同仁在此著力尤深。臺灣詩學季刊社另一個努力的方向則是獎掖青年學子，具體作為可以分為五個面向，一是籌設網站，廣開言路，設計各種不同類型的創作區塊，滿足年輕心靈的創造需求；二是設立創作與評論競賽獎金，年年輪項頒贈；三是與秀威出版社合作，自2009年開始編輯「吹鼓吹詩人叢書」出版，平均一年出版四冊，九年來已出版三十六冊年輕人的詩集；四是興辦「吹鼓吹詩雅集」，號召年輕人寫詩、評詩，相互鼓舞、相互刺激，北部、中部、南部逐步進行；五是結合年輕詩社如「野薑花」，共同舉辦詩展、詩演、詩劇、詩舞等活動，引起社會文青注視。蘇紹連、白靈、葉子鳥、李桂媚、靈歌、葉莎，在這方面費心出力，貢獻良多。

臺灣詩學季刊社最初籌組時僅有八位同仁，二十五年來徵召志同道合的朋友、研究有成的學者、國外詩歌同好，目前已有三十六位同仁。近年來由白靈協同其他友社推展小詩運動，頗有小成，2017年則以「截句」為主軸，鼓吹四行以內小詩，年底將有十幾位同仁（向明、蕭蕭、白靈、靈歌、葉莎、尹玲、黃里、方群、王羅蜜多、蕓朵、阿海、周忍星、卡夫）出版《截句》專集，並從「facebook詩論壇」網站裡成千上萬的截句中選出《臺灣詩學截句選》，邀請卡夫從不同的角度撰寫《截句選讀》；另由李瑞騰主持規畫詩評論及史料整理，發行專書，蘇紹連則一秉初衷，主編「吹鼓吹詩人叢書」四冊（周忍星：《洞穴裡的小獸》、柯彥瑩：《記得我曾經存在過》、連展毅：《幽默笑話集》、諾爾・若爾：《半空的椅子》），持續鼓勵後進。累計今年同仁作品出版的冊數，呼應著詩社成立的年數，是的，我們一直在新詩的路上。

檢討這二十五年來的努力，臺灣詩學季刊社同仁入社後變動極少，大多數一直堅持在新詩這條路上「與時俱進・和弦共振」，那弦，彈奏著永恆的詩歌。未來，我們將擴大力量，聯合新加坡、泰國、馬來西亞、菲律賓、越南、緬甸、汶萊、大陸華文新詩界，為華文新詩第二個一百年投入更多的心血。

2017年8月寫於臺北市

【自序】踏話頭：捽著一首詩

王羅蜜多

定定佇大目降的虎頭埤行踏，遐是會當予我敨開身心靈的所在。

我趖湖一輾大約一點鐘，若準閣坐落來看冊寫物件，就愛延甲兩點鐘。退休了後時間自由兼免門票，我就更加濟去矣。

趖湖，有時會看著別人傱甲像走馬灯，大氣喘袂離。怹講，緊行，較有運動著。毋過，我從來無咧注意家己的跤步，只是一直行，頭殼有時空空，有時四界相，幌咧幌咧，有行東西甩南北的爽快。

四常，佇行踏的中間，一寡字句浮上頭殼頂，起先那有那無，落尾直直明朗起來。親像魚仔已經咧食餌，就等待適當的時機共釣起來。這時陣，若看著路邊有柴椅就愛坐落來，搜身軀的橐袋仔，揣出一張紙條仔，可能是水單電單，可能是拆開的批囊。

按呢，一尾活靈靈的魚仔就落佇紙面。魚仔通常無大尾，三四指爾爾。姜太公釣魚離水三寸，我釣魚是用目尾烏白捽，有時捽上樹尾雲頂，有時捽佇草仔埔，有時閣捽入深深的湖底。捽有捽無不管他，自然就好。

用兩點鐘佮一身軀汗水，捽著一首詩，按呢算是有夠本矣！時常按呢，我就歡歡喜喜來85度C啉咖啡。

85度C佇大目降忠孝街的路口，邊仔是新化高中圍牆，正對對徛一尊四面佛，時常有人來求愛情、健康、事業、財運。彼是現實的人生，而佇咖啡邊，我當咧整理的，是噗噗跳的內心。

兩三冬來，按呢產生的詩作真濟，其中有一寡含相片陸續發表佇面冊，多數是臺語詩。相片真濟是截過，取有意味的部分。詩，保留原形。

今年中，共遮詩作整理好勢，想欲出版，拄好臺灣詩學邀集截句出冊，就提出來用矣！其中一部分無超過四行，就直接囥落。超過的，就切一塊好份的來用。如果切出來的無蓋媠氣，就閣共xiūgǎi一下。

按呢，攏總生出八十首，無濟也無少。準講，有一部分無蓋四序，會當來參加這擺的截句集出版，感覺誠歡喜。佇遮，招汝用唸截句的喙脣，啉一杯咖啡！

（2017/7/30佇大目降畫室）

目　次

輯一｜秋天的風聲薄縭絲

輯二 流浪的皮

輯三 青翠的稀娺

輯四 古早喙脣

輯五｜�話骨

輯六 大海

輯七｜天光

秋天的風聲薄縭絲

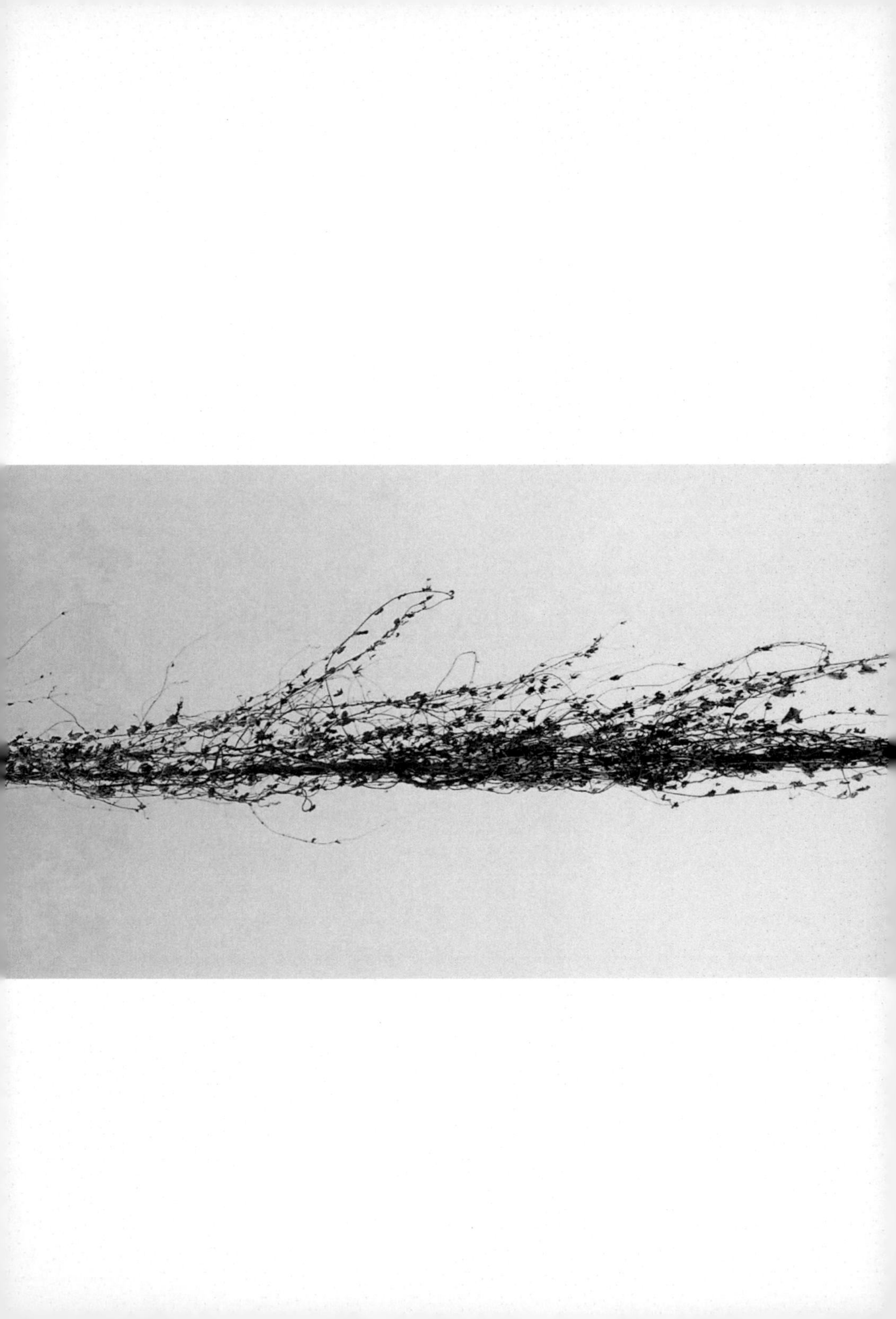

001

汝將早起的風聲褫甲薄縭絲
共午后的溫暖剪甲幼麵麵
阮只好只好……用一瞥一瞥的眼光
共婧婧的哀愁畫上天

（截自2016/11/11秋天啊）

註：

褫，thí，展開。

薄縭絲，poh-li-si，很薄。

002

祈求日頭逐工留落來

做阮的目睭

毋通攄在阮的生命線

一條一條發甲溜溜瞅瞅

（截自2017/1/1路燈的禱告）

003

汝幼麵麵，Huê咧huê咧
我軟歁歁，捽咧捽咧
咱來跳舞兼唸詩

（2017/4/17草仔嬰）

註：

軟歁歁，ńg-sìm-sìm，軟綿綿。

捽，sut，甩打。

004

透中晝的橋南老街風微微
湖水攤開身軀齁齁叫
可憐的柳樹枝，妝甲嬌滴滴
Hiù芳水，使目箭，無人鼻

（2016/4/30春天無人鼻）

註：

使目箭，拋媚眼。

005

黃昏的聲說藏佇雲尪的跤步內底

夾佇歸鳥的翅股內面

炭佇膨鼠的毛絲下跤

伊傱來傱去，無聲無說

（截自2016/7/3偉大的煉金術師）

註：

傱，tsông，慌亂奔忙。

006

熱天司奶笑，薄縭絲……

徛秋峇微笑，色緻略略仔退去

冬節拏圓兼覕喙，哎唷喂

來參唐老爺捒做堆，較規氣！

（2017/1/12三笑姻緣）

註：

司奶：sai-nai，撒嬌。

峇微：bâ-bui，稍微。

覕喙：bih-tshuì，抿嘴

007

一陣風一群話

Phi-phi-怦怦共阮掃落地

尻川拌拌咧，peh起來

閣開愈濟

（2017/5/18臺灣阿勃勒）

註：

尻川，kha-tshng，泛指屁股。

008

斑芝花啾啾叫

斑芝棉颺颺飛

哎喲喂

一暝幾輪迴

（2017/5/27落雨暝）

註：

颺颺飛，iānn-iānn-pue，胡亂飛揚。

009

一條捘袂焦的水

一欉枵袂蔫的樹仔

楞楞愰愰，想欲轉去佚羅紀

（截自2016/9/23相相sio siòng）

註：

捘，tsūn，擰，轉。

蔫：lian，枯萎。

010

十一月風綿綿，一隻小船落落來
船頂有一只綿綿的批紙佮幾若粒
夢中的相思子

（截自2015/11/27十一月風綿綿）

註：

落落，lak-loh，掉下來。

一只，tsit tsí，一疊。

011

一陣西風吹過來

空，進入我的目睭

鼻仔，耳門，喙洞

佮所有的毛管空

（截自2015/11/1去了了）

012

無形的心予無影的風搝甲薄縭絲
一條條親像血筋，釣起……
深海的鯰魚，噗噗顫，哀哀旋
佇這个海水溢上嚨喉管的城市

（截自2016/9/29梅姬發飆彼一暝）

註：

搝，giú，拉扯。

顫，tsùn，發抖。

旋，suan，反轉迴繞。

013

一瞑無落，夢凡在澹糊糊

三日無詩，意綿綿垂袂離

所有，所有的

攏予汝切甲薄縭絲

（2017/6/17霧派無意象）

註：

垂，suê，流淌。

014

汝的聲音遐爾仔溫馴
講話遐爾仔軟勢，害我
眯一下就看袂落去peh袂起來
到甲日頭落山iáu閣頓佇遮坐

（截自2017/4/23一本冊）

註：

頓，tǹg，跌坐。

015

昨昏共一葩紅帕帕的囥佇心內紮轉來，毋知是啥物。

今仔日看著兩葉強欲落落去的，才雄雄想起。

（2017/6/13雄雄）

註：

紮tsah轉來，帶回來。

流浪的皮

001

細漢若聽講皮綳較絚咧
尻川phué就墊物件
毋過綳傷絚的嘛會裂開
墜落，被風吹遠遠

（截自2015/8/12流浪的皮）

註：

綳，penn，拉緊。

絚，ân，緊。

002

一欉百外年歷史的樹
頭真在枝也無giàng
嘛予東南佮西北派的旋風
硬挽硬掣賭強拆做兩爿

（截自2015/8/10颱風）

註：

真在，很穩固。

giàng，不規則突出。

掣，tshuah，用瞬間的力量拉扯。

003

按呢的分裂

敢講是九月的風

愈來愈猛醒

（2016/10/20分裂）

004

我共伊的笑聲收入冊包內
回轉去寂寞的所在。彼的所在
有一隻皺皮水雞佇古井外，噗噗跳

（截自2015/7/6皺皮水雞）

005

無法度共日頭釣起來的時陣
我心頭霹噗跳，吊佇橋頭
也只好離開心頭，將肩頭藏入水底
走揣茫茫的他鄉外里。

（截自2015/7/2夢洩）

006

日頭欲落山清明才徛起來
佇烏暗的目窗內，等待
路頭、奶頭、鳥岫、墓頭
做一下失落。

（截自2016/4/2清明．失落）

007

一群黃昏鳥飛向溫純的岫
只有一隻入去喇舌，賰的舌
攏罣佇網頂

（2015/3/18喇舌）

註：

賰，tshun，剩餘。

008

親像鵝仔楞楞看天……
鬱三十冬的數念沖落來矣
茫茫大海到底欲走去佗覕

（截自2017/4/8四月起鼓005）

註：

數念，siàu-liām，想念。

覕，bih，躲。

009

落日佮初月牽入去洞房

切hua一葩一葩的天星

無疑悟世界毋恬靜

雷公爍爁位暝頭吵甲天光

（截自2015/9/20黃昏青春夢）

註：

爍爁，sih-nah，閃電。

010

日頭跋落水

當咧鼾眠的魚仔

驚一下反肚

（2016/10/20反肚）

註：

陷眠，hām-bîn，神智不清猶如做夢一般。

反肚，píng-tōo，肚皮朝天。

011

十二月吵欲食冰／雪妹就來矣

杉哥吵欲加煉ni／牛仔雲頂嘛嘛吼

草m擇頭細細聲／阮嘛來矣

（2017/1/10草莓雪花冰）

註:

煉ni，煉乳。

草m，草莓。

012

細漢徛烏枋大漢變做烏枋樹

大漢徛烏枋食老變做粉筆花

粉筆花白雪雪，據在人吹

（截自2017/4/16粉筆花）

輯三 青翠的稀孅

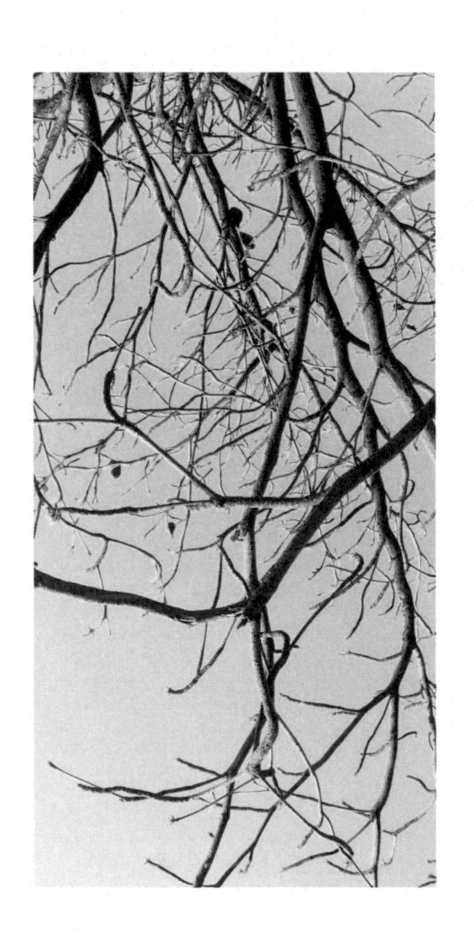

001

初春的時

掌中鳥一隻一隻飛出去

我雙手空空搖擺

親像風中的枯枝

（截自2016/11/14青翠的稀微）

002

有時空中輾有時綴風飛

正反倒反正反閣倒反

舊葉落了了了……

無張持閣挨出黑雲暴一芛

（截自2017/3/6這款的樹欉）

註：

輾，liàn，滾動。

正反倒反，tsiànn-píng tò-píng。

暴芛，pok-ínn，發芽。

003

春天的囡仔嬰挨挨陣陣

歇佇我的肩胛，尻脊，胸坎，腹肚

我起交懍恂顫一下

詩句一蕊一蕊，落甲規桌頂

（截自2017/3/17 phi-phi-phok-phok）

註：

交懍恂，ka-lún-sún，打寒噤。

004

五月節，想要寫一首詩
阮的心情親像夜都市
人來客去目睭車歸暝

（截自2014/5/19五月雨）

005

紅帕帕的花蕊一下仔就謝去

綿綿的舊情啊，攏飛去佇天邊

過路的跤步猶原khì khok叫

阮只有，只有覴佇樹跤吐大氣

（截自2015/10/31十月謝去）

註：

覴，the，身體半躺臥。

006

鳳凰徛壁，無穿ブラジャ

胸前的海湧揀來揀去

一群鵝公搖搖擺擺，當做無看見

干但我鬣佇橋邊規面紅記記

（截自2016/5/30鳳凰紅記記）

註：

ブラジャ，胸罩。

007

我直直犁過去

汝寬寬仔離開

寂寞的時間徛定定，喘氣

伊毋知影，即馬是底當時

（截自2017/6/17會暗，佇遮）

008

禁止釣魚禁止耍水／好家在

無禁止／路邊的野花佮愛情直直開

一蕊、二蕊、三蕊……

攏毋免著沃水

（截自2016/3/26禁止）

註：

沃水，ak-tsuí，澆水。

009

硬骨凌霄族的紅花風鈴木

佇遮爾寒的春天

一簇一簇親像煙火

爆發千萬粒的種籽

（截自2017/3/8種籽）

輯四

古早喙脣

001

用古早喙脣講歷史

苦苦兼甜甜，予人聽了

會想欲放下哀怨

恬恬，坐落來啉咖啡

（截自2016/2/23古早喙脣）

註：

喙脣，tshuì-tûn，嘴脣。

002

捧一杯故鄉的詩

將愛人啉落去

杯內苦苦仔芳

杯外溫溫仔燒

（截自2014/11/20啉咖啡）

003

門騎佇雲頂，門仆佇草埔
門徛佇十字路口，門內
有一粒跤球，恬恬看世界

（截自2016/4/14跤球門）

004

鵝黃色的小花
一蕊一蕊褫翅
飛上眠床結子
孵出一眉眉仔的毋甘

（截自2016/9/3想汝心酸酸）

005

一撮赤焱焱的花蕊

嗤舞嗤呲，恥笑

一支強欲蔫去原在硬迸迸的玫瑰

（截自2017/4/12四月起鼓010）

註：

嗤舞嗤呲，tshi-bú-tshìh-tshū，竊竊私語。

蔫，lian，枯萎。

006

汝攬一束紅帕帕徛踮門跤口

用規面的紅記記焐佇窗仔墘

我請汝坐落來聊聊仔聽

昨暝彼个紅絳絳的夢……

（截自2015/11/28十一月紅帕帕）

註：

攬，lám，擁抱。

007

樹尾共天星講話的方式
佇土底暴出的時就按呢
拄出世的紅嬰仔哇哇叫
是向天地最原初的祈禱

（截自2016/2/21水聲）

008

烏趖趖閣有Siraya血肉的茶鈷啊

我用故鄉阿立祖的壺水共汝拭

我剪斷汝頭殼頂彼條虛花的紅線

請汝徛起來，徛起來！

（截自2016/4/3一支烏趖趖的茶鈷）

註：

烏趖趖，oo-sô-sô，形容很黑。

009

向望的頷頸已經硬去日頭猶原覕咧
清明節的半暝對墓底行出來的祖先
變做夜光鳥佇島嶼的頂頭來回呼叫
起來，緊起來

（截自2014/3/19清明夢）

010

想欲寫一个哀傷的故事
擛頭看天托下斗
一葩本底春風滿面的樹枝
無張無持頕（tàm）落來

（截自2017/4/6四月起鼓）

註：

托，thuh，用手掌承舉。

下斗，ē-táu，下巴。

頕，tàm，垂下。

011

一個哀傷的故事

佇土跤踅……

今暝的月光倒落心肝底

我褫開胸坎，請汝啉一杯

（截自2017/4/10四月起鼓008）

註：

踅，seh，繞行。

012

寫一个哀傷的故事
規身軀的枝葉攏折做文字
骨折肉裂，賰一箍槌槌
看雲尪來來去去

（截自2017/4/10四月起鼓009）

註：

折，tsih，折斷。

一箍槌槌，tsit khoo thuî-thuî，笨頭笨腦的樣子。

雲尪，hûn-ang，出現在天空中如山、人、動物形體的大片雲朵。

013

別人的本命樹

種佇有風有光的大路邊

阮的本命樹

是一條遛皮的蕃薯

（截自2014/7/25本命樹）

註：

遛皮，liù-phuê，脫皮。

014

落雨澹滴

孤一个屈電火線　看天

啾啾啾

到底為啥物

（2017/6/4孤鳥）

註：

屈，khut，曲著身子。

015

這塊銀色十字形的墜仔
敢毋是掛佇胸前幌過數十冬的家已？

（截自2015/3/17蟮蟲仔）

輯五

掠話骨

001

今仔日風誠透

溪岸頂的雲尪分兩爿

一爿是耶穌的面

一爿是達摩的尻川斗

（截自2015/7/10掠畫骨）

002

囝仔圖，捽出去彼下統婧
欲寫生，不如寫象
象皮厚厚，蚊仔射注袂入去。

（截自2015/9/21寫象）

註：

捽，sut，抽打，在此指揮毫。

003

汝的詩句電力誠飽滇

害我插一下出火金星

三暝三日原在意迷迷

（截自2017/4/22火星）

註：

飽滇，pá-tīnn，飽滿。

004

創世紀是一場夢
人的阿達馬一直咧轉
死去就鞏骨力，活起來
又擱咻咻叫

（截自2015/6/30烏白想）

註：

阿達馬，あたま，頭。

鞏骨力，Concrete，混凝土。

005

狗齧冊，愈齧愈慼
人面冊，愈翻愈濟

（截自2016/3/25電腦戀歌）

註

齧：khè，啃咬。

慼：tsheh，怨。

人面冊，臉書。

006

海水的腦鹹鹹

溪水的腦較汫

聖水的腦有感應

符仔水的腦看著鬼

（截自2015/8/15頭神）

註：

汫，tsiánn，味道淡。

007

阮來看電影
對話短短冷冷
親像嬉嬉的冰枝
拎佇手中溶去

（截自2015/9/3聶隱娘）

註：

拎，gīm，把東西緊緊握在手中。

008

一支機關銃掃射／野草
倒落閣再peh起拍袂爛
一陣野草揀過／機關銃
倒捙向彈著家己

（2017/1/28野草力頭大）

註：

銃，tshìng，槍。

揀，sak，推。

倒捙向，tò-siàng-hiànn，倒栽蔥。

009

汝勻勻仔來，沓沓仔搝

搝甲規粒乒乓發翅飛去

到旦攏無倒轉來

真正有鬼啊

（截自2015/8/29七月半來PLAY）

註：

沓沓仔：tauh-tauh-á，慢慢的。

搝：giú，拉。

旦：Tann，現在。

010

有時頕頕有時挺

刀光劍影攏無傷伊半分

一群文字往東進

一逝光芒向北溜

（截自2016/10/5京都水菜）

註：

頕頕：tàm-tàm，低垂。

一逝：tsi̍t tsuā，一行。

011

大雨四界行

雨傘的thut聲驚動萬里長城

有人看來坐定定，卻是

半瞑叫人來收驚

（截自2014/10/9收驚）

012

佇無情無理氣的寂寞城市
佇無名無燈光的稀微路邊
這有橫有直的十字。為啥物
未當徛挺挺，鎖羅絲

（截自2015/7/13羅萊巴之歌）

013

一支光溜溜的棍仔有徛墓牌

一个焦涸涸的窟仔無魚無蝦也無花

歸个城市做伊上班，毋知

一窟水佮一支棍仔的生死

（截自2016/11/11一支光溜溜的棍仔）

註：

焦涸涸，ta-khok-khok，乾涸。

014

用ㄆㄨㄣ沃樹根

一欉開幾若十枝攏會噴喙瀾

噴過頭前溪，無污無染

攏毋免開罰單

（截自2014/10/29ㄆㄨㄣ）

註：

喙瀾，tshuì-nuā，口水。

ㄆㄨㄣ，餿水。

015

閒閒啊……草埔仔岡來坐

大水若退。襒褲跤蹽過溪

有蝦掠蝦啊……無蝦摸田螺

莫閣聽聽遐。不黨的話

（2017/7/7過溪歌）

註：

襒褲跤，pih-khòo-kha，捲褲管。

蹽，liâu，涉水。

輯六 大海

001

大海我閣來呦
走出去就是行入來。
看！遮的骱邊沙，來來去去
已經數十年！

（截自2016/5/22茶話）

註：

骱邊，kái-pinn，鼠蹊部。

002

大海，阮閣來啦
今仔日，汝親像咧欲揀上高潮
一直衝，一直叫
毋閣就是咬阮袂著，可惜……

（截自2016/5/27大海002）

003

汝看，石頭佮石頭哩哩碌碌
水湧佮水湧嗤嗤呲呲
閣有彼个姑娘面向南方講袂煞
到底為啥物？

（截自2016/6/1大海007）

註：

嗤嗤呲呲，tshi-tshi-tshū-tshū，細語。

004

汝的鼾聲是黑色的棉積被
一捲一捲，崁佇月娘的目睭皮

（截自2016/6/10大海017）

註：

棉積被，mî-tsioh-phuē，棉被。

005

等待日頭去睏的時陣

虛花閃爍的人生就會收束做一條歌

一條大海吐氣的錄音帶

這才是真象，毋是印象

（截自2016/6/16大海018）

006

我有咻淡薄仔，路行袂直

日頭嘛有咻淡薄仔

喙顊紅huah紅huah

海風咻統濟，規暝嘛嘛吼

（截自2016/6/17大海020）

註：

喙顊，tshuì-phué，臉頰。

007

咱來啉一杯「浪花問咖啡」

關於愛情呃

千年雪瀉落萬年海

是啥物款的代誌？

（截自2016/6/21大海026）

008

三鯤鯓是幾若百歲的海翁

伊个聲音真清涼，動作幼mī-mī

伊將歲月藏佇腹肚底，伊猶原

是青春的情人

（截自2016/10/28大海33）

註：

海翁，hái-ang，鯨魚。

009

汝跋落海閣爬起來

原在堅持欲去流浪

因為大海闊莽莽

予汝自由傱

（截自2017/4/27浮浪貢）

010

沙轆的紹連老師／送我時間的零件
齊齊揹佇尻脊骿／行過新埔海岸線
（雄雄，海風翻開冊皮讀出聲）

（截自2016/7/22流浪1）

註：

齊齊，tsiâu-tsiâu，全部。

011

白沙屯的神像一尊一尊顧佇海邊
強欲登陸的水鬼一湧一湧退去
險險沈落的詩句，一尾一尾
大大下蹺起來！

（截自2016/7/23流浪2）

註：

蹺，lìong，躍起。

天光

001

失眠是陷落的床鋪

相思是遙遠的船隻

……天光

是飛抰到的夢境

（截自2015/10/18抰天光）

002

山水畫到尾仔就愛來落款
這个款，佮抽靈籤卜聖卦無仝款
伊是會無張持落入咱心肝穎的
彼个紅色的雨點

（截自2016/1/1落款）

註：

無張持，bô-tiunn-tî，突然。

003

擗頭看天，恬恬等待
汝光了就換我光

（2017/1/8等待）

臺灣詩學25週年　截句詩系09　PG1907

王羅蜜多截句

作　　者／王羅蜜多
責任編輯／林昕平
圖文排版／周妤靜
封面設計／楊廣榕

發 行 人／宋政坤
法律顧問／毛國樑　律師
出版發行／秀威資訊科技股份有限公司
114台北市內湖區瑞光路76巷65號1樓
電話：+886-2-2796-3638　傳真：+886-2-2796-1377
http://www.showwe.com.tw
劃撥帳號／19563868　戶名：秀威資訊科技股份有限公司
讀者服務信箱：service@showwe.com.tw
展售門市／國家書店（松江門市）
104台北市中山區松江路209號1樓
電話：+886-2-2518-0207　傳真：+886-2-2518-0778
網路訂購／秀威網路書店：http://store.showwe.tw
國家網路書店：http://www.govbooks.com.tw

2017年11月　BOD一版
定價：200元

國家圖書館出版品預行編目

王羅蜜多截句 / 王羅蜜多著. -- 一版. -- 臺北
市 : 秀威資訊科技, 2017.11
面； 公分. -- (截句詩系 ; 9)
BOD版
ISBN 978-986-326-470-5(平裝)

851.486 106017237

讀者回函卡

感謝您購買本書，為提升服務品質，請填妥以下資料，將讀者回函卡直接寄回或傳真本公司，收到您的寶貴意見後，我們會收藏記錄及檢討，謝謝！如您需要了解本公司最新出版書目、購書優惠或企劃活動，歡迎您上網查詢或下載相關資料：http:// www.showwe.com.tw

您購買的書名：____________________

出生日期：________年________月________日

學歷：□高中（含）以下　□大專　□研究所（含）以上

職業：□製造業　□金融業　□資訊業　□軍警　□傳播業　□自由業

□服務業　□公務員　□教職　□學生　□家管　□其它____

購書地點：□網路書店　□實體書店　□書展　□郵購　□贈閱　□其他

您從何得知本書的消息？

□網路書店　□實體書店　□網路搜尋　□電子報　□書訊　□雜誌

□傳播媒體　□親友推薦　□網站推薦　□部落格　□其他________

您對本書的評價：（請填代號　1.非常滿意　2.滿意　3.尚可　4.再改進）

封面設計____　版面編排____　內容____　文／譯筆____　價格____

讀完書後您覺得：

□很有收穫　□有收穫　□收穫不多　□沒收穫

對我們的建議：____________________

____

____

____

請貼
郵票

11466
台北市内湖區瑞光路 76 巷 65 號 1 樓
秀威資訊科技股份有限公司 收
BOD 數位出版事業部

（請沿線對折寄回，謝謝！）

姓　　名：＿＿＿＿＿＿＿＿　年齡：＿＿＿＿　性別：□女　□男

郵遞區號：□□□□□

地　　址：＿＿＿＿＿＿＿＿＿＿＿＿＿＿＿＿＿＿

聯絡電話：（日）＿＿＿＿＿＿＿＿（夜）＿＿＿＿＿＿＿＿

E-mail：＿＿＿＿＿＿＿＿＿＿＿＿＿＿＿＿＿＿